Charlotte et le Croque-mioche

Né en 1973, **Olivier Muller** écrit régulièrement pour Milan et Bayard Presse. Il est le scénariste des bandes dessinées *Anatole Latuile* avec Anne Didier. Il est également l'auteur de la série *Berthus*, le célèbre hamster agent secret, dans la collection J'aime lire Plus.

Du même auteur dans Bayard Poche :
Berthus, agent secret – Berthus à la rescousse ! (J'aime lire Plus)

Clotilde Perrin est née en 1977 et a grandi près d'Épinal. Diplômée de l'École des arts décoratifs de Strasbourg, elle a écrit et illustré des albums pour les éditions Rue du Monde, Gallimard jeunesse et Magnard.
Pour en savoir plus sur son travail : *www.clotildeperrin.net*

D
ISB
Loi du 16 juillet 1949 s

Charlotte et le Croque-mioche

Une histoire écrite par Olivier Muller
illustrée par Clotilde Perrin

mes premiers j'aime lire
bayard poche

Chapitre 1

Charlotte la gourmande

Il était une fois, au fond d'une forêt obscure, un monstre qui croquait les enfants. Le Croque-mioche était trapu, griffu et goulu comme tous les monstres. Mais, surtout, il était rusé et ne manquait jamais d'idées pour inventer de nouveaux pièges.

Lorsque le Croque-mioche attrapait des enfants, il leur posait trois devinettes. Bien sûr, il promettait qu'il arrêterait pour toujours de manger des enfants si les réponses étaient justes. Mais les trois devinettes étaient toujours très compliquées. Et les malheureux enfants prisonniers finissaient dans l'estomac du Croque-mioche.

Sur une colline, au-dessus de la forêt obscure, se trouvait un village. Dans ce village, tous les parents répétaient à leurs enfants :

– Ne vous aventurez jamais dans la vallée ou le Croque-mioche vous dévorera !

– D'accord, répondaient les enfants.

Mais, tous les ans, il y en avait au moins un qui se faisait prendre.

Sur la place de ce village habitait une fille de sept ans et demi qui s'appelait Charlotte. Elle était extrêmement gourmande et elle avait lu en entier le livre de recettes de sa grand-mère : *La cuisine de A à Z*.

Un jour, à la sortie de l'école, Charlotte trouva un bonbon par terre. Elle le prit et elle allait l'enfourner dans sa petite bouche lorsqu'elle vit un deuxième bonbon, à dix mètres devant elle.

Charlotte s'avança pour le ramasser et elle aperçut, un peu plus loin, un sucre d'orge vraiment très appétissant. Elle pensa : « On dirait un jeu de piste. »

Elle se mit à suivre le chemin des bonbons tout en les mangeant. À la sortie du village, elle s'arrêta et se dit : « C'est peut-être le Croque-mioche qui les a semés pour attirer les enfants. Il faut que je m'arrête ici. »

Chapitre 2

Un dessert au caramel

Sur le chemin, à côté d'un buisson, une pâte de fruit brillait doucement au soleil…

– Allez, juste une dernière, murmura Charlotte.

Elle avança encore de quelques pas, et ce qui devait arriver arriva.

Une patte dégoûtante sortit du buisson et la saisit brusquement. C'était le Croque-mioche.

– Salut, chair à saucisse ! dit-il en se léchant les babines.

Charlotte se débattit de toutes ses forces, mais le monstre la tenait bien et il la jeta sur son épaule.

Le Croque-mioche emporta sa proie au fond des bois. Il l'enferma dans une cage qu'il accrocha à une branche, non loin de sa cabane.

Il s'accroupit près du feu de bois et se mit à souffler sur les braises.

Puis il dit en salivant :

– Avec tous les bonbons que tu as mangés, tu dois être sucrée à souhait. Si je te cuis à la broche, ça va faire du caramel !

Charlotte protesta :

– Pas si vite ! Et les trois devinettes ?

Le Croque-mioche plissa ses petits yeux :

– Est-ce que ça en vaut vraiment la peine ? Personne n'arrive à répondre...

Le monstre disparut dans sa cabane.

Il revint bientôt, un paquet de fiches entre les griffes, et il annonça :

– Le jeu s'appelle : *Questions pour un casse-croûte.*

Le Croque-mioche expliqua :

– Tu peux choisir le sujet de tes devinettes. Il y a : *Les reines célèbres, Les différentes provinces du royaume* et *Les gâteaux de grands-mères et de fées.*

– Je choisis les gâteaux, dit Charlotte immédiatement.

Chapitre 3

Les devinettes

Le Croque-mioche s'assit sur une vieille souche et posa la première devinette :

– *Si je n'aimais pas la compote, on me mettrait à ton pied. Qui suis-je* ? Je t'avertis que tu as une minute pour répondre. Top !

Charlotte répondit sans hésiter :

– Un chausson aux pommes !

– Bien, marmonna le monstre. Enfin… c'était facile. Écoute plutôt la deuxième question.

Et il se mit à lire à toute vitesse :

– *On me dévore comme un roman, mais je ne suis qu'un livre blanc.*

– Un mille-feuille*, répondit Charlotte.

* Mille-feuille : gâteau fait de plusieurs couches de pâte très fine, séparées par de la crème.

Cette fois, le monstre grimaça.

– Ce n’est pas mal, grommela-t-il. Mais je crois que tu n’iras pas plus loin !

Le Croque-mioche se mit à chercher dans ses fiches une devinette beaucoup plus difficile. Bientôt, un mauvais sourire fendit sa gueule en deux.

Le Croque-mioche avait trouvé la question la plus compliquée. Il lut lentement :

– *Je suis une tarte à l'envers. J'ai été inventée par deux frères.*

Charlotte resta silencieuse un long moment. Le monstre la regardait d'un air triomphant :

– Je suis sûr que tu ne connais pas la réponse !

Le Croque-mioche se mit à exécuter une petite danse sur l'herbe. Le temps pour donner la réponse était passé.

– C'est fini ! hurla le monstre. La réponse était une TARTE TATIN.

Il dansa autour de Charlotte en jubilant* et il reprit :

– En fait, tu es aussi gourde que tous les autres enfants. Alors, maintenant, je vais te manger.

* Jubiler : montrer qu'on est très content.

Chapitre 4

La promesse

Charlotte dit doucement au Croque-mioche :

– Minute ! Je connais la tarte Tatin, mais votre question n'est pas bonne. La tarte Tatin n'a pas été inventée par deux frères, mais par deux sœurs.

Le Croque-mioche grogna :
– Tu en es sûre ?
– J'en suis certaine ! Vous n'avez qu'à regarder dans le dictionnaire.

Le monstre alla chercher son gros dictionnaire. Puis il se mit à lire :
– *La tarte Tatin est une tarte renversée aux pommes, qui a été inventée par deux sœurs très étourdies. Elles avaient oublié de mettre la pâte au fond du moule. Elles la mirent donc sur le dessus…*

Le Croque-mioche avait l'air vraiment très ennuyé. Il alla chercher la clé de la cage.

– Bon, j'ai perdu, dit-il en libérant Charlotte.

La fillette sortit de la cage et s'éloigna le plus vite possible du Croque-mioche.

Avant de sortir de la forêt, Charlotte cria au Croque-mioche :

– N'oubliez pas votre promesse. À partir d'aujourd'hui, vous devez arrêter de manger les enfants !

Puis elle se remit à courir avant que le Croque-mioche change d'avis, car on ne sait jamais, avec les monstres.

Lorsque Charlotte revint au village, sa famille et ses voisins préparèrent une grande fête.

Quant au Croque-mioche, il se fit un petit baluchon. Puis il partit d'un pas lourd, résigné à manger des myrtilles et des fraises des bois jusqu'à la fin de ses jours.

Bayard Jeunesse · j'aime lire

Des romans pour les lecteurs débutants

Édition

Se faire peur et frissonner de plaisir

Réfléchir et comprendre la vie de tous les jours

Rêver et voyager dans des univers fabuleux

Rire et sourire avec des personnages insolites

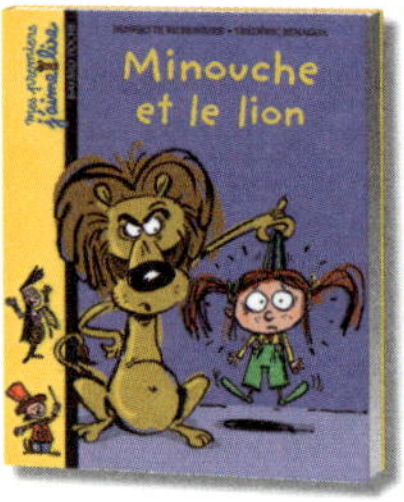

Se lancer dans des aventures pleines de rebondissements

Presse

Mes premiers J'aime lire, un magazine **spécialement conçu pour accompagner les enfants du CP et du CE1** dans leur apprentissage de la lecture.

Un rendez-vous mensuel avec **plusieurs formes et niveaux de lecture :**

- une histoire courte
- un vrai petit roman illustré inédit
- des jeux et la BD Martin Matin

Avec un **CD audio** pour faciliter l'entrée dans l'écrit.

Chaque mois, les **progrès de lecture de l'enfant sont valorisés**, du déchiffrage d'une consigne de jeux à la fierté de lire son premier roman tout seul.

Réalisé en collaboration avec des orthophonistes et des enseignants.

Pour en savoir plus : www.mespremiersjaimelire.com

Bayard JEUNESSE

J'AIME LIRE Des premiers romans à dévorer tout seu

Édition

Réfléchir et comprendre la vie de tous les jours

Rire et sourire avec des personnages insolites

Se faire peur et frissonner de plaisir

Rêver et voyager dans des univers fabuleux

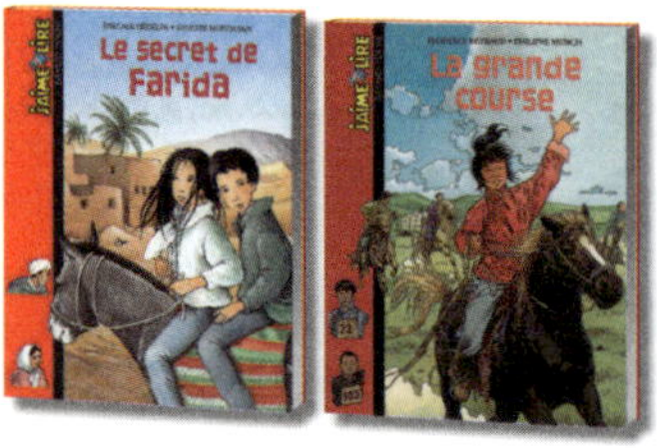

Se lancer dans des aventures pleines de rebondissements

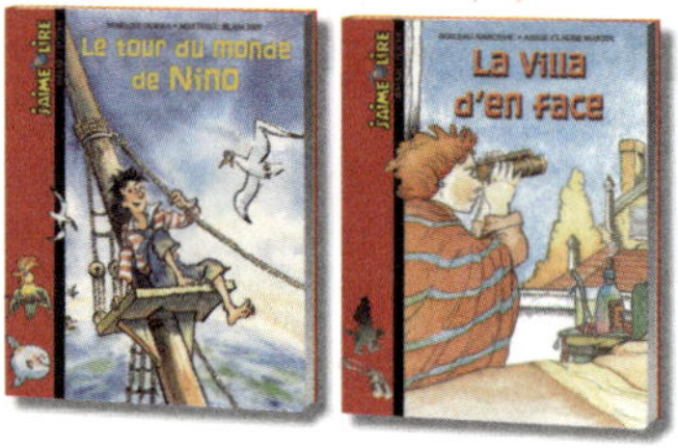

Tes histoires préférées enfin racontées !

J'écoute J'AIME LIRE

Presse

Le magazine *J'aime lire* accompagne les enfants dans des **grands moments de lecture**

Une année de *J'aime lire*, c'est :

- 12 romans de genres toujours différents : vie quotidienne, merveilleux, énigme...

- **Des romans créés pour des enfants d'aujourd'hui** par les meilleurs auteurs et illustrateurs jeunesse.

- Un confort de lecture très étudié pour faciliter l'entrée dans l'écrit : place de l'illustration, longueur du roman, structuration par chapitres, typographie adaptée aux jeunes lecteurs.

Chaque mois : un roman illustré inédit, 16 pages de BD, et des jeux pour découvrir le plaisir de jouer avec les mots.

Chapitre 1

Maître du monde

J'ai toujours aimé la magie. Et si j'avais été magicien, j'aurais commandé : « Abracadabra ! Faites que lundi, il n'y ait pas de rentrée des classes ! »

Cette rentrée, je ne la sentais pas bien du tout.

6 7

Pour en savoir plus : www.jaimelire.com

Achevé d'imprimer en mars 2009 par Pollina S.A.
85400 LUÇON - N° Impression : L48562A
Imprimé en France